COLLECTION

DE FEU

M. TENCÉ, de Lille

TABLEAUX ANCIENS

CATALOGUE

DE

TABLEAUX ANCIENS

FORMANT LA COLLECTION

De feu M. TENCÉ, de Lille

ŒUVRE CAPITALE

DE

P.-P. RUBENS

ŒUVRES DE

BERKEYDEN, BERGHEM, BOILLY, DU JARDIN, DE MARNE,
DUSART, JACKSON, JORDAENS, PETER NEEFS, RIBERA, TENIERS, WEENIX,
PIERRE WOUWERMAN, WYNANTS, ZEEMAN, ETC.

OBJETS DE CURIOSITÉ, DESSINS, GRAVURES

LIVRES ET CATALOGUES

DONT LA VENTE AURA LIEU

HOTEL DROUOT, SALLE N° 8

Le Lundi 12 Décembre 1881

à 2 heures

COMMISSAIRE-PRISEUR

Me PAUL CHEVALLIER, Succr de M. CH. PILLET

10, RUE DE LA GRANGE-BATELIÈRE, 10

EXPERTS

M. E. FÉRAL, peintre	M. MARTIN, libraire
54, Faubourg Montmartre, 54.	18, Rue Ségnier.

Chez lesquels se trouve le présent Catalogue.

EXPOSITIONS { PARTICULIÈRE : le Samedi 10 Décembre 1881.
PUBLIQUE : le Dimanche 11 Décembre 1881.

De une heure à cinq heures.

CONDITIONS DE LA VENTE

Elle sera faite au comptant.

Les acquéreurs payeront ***cinq pour cent*** en sus des enchères applicables aux frais.

N.-B. — Les Livres et Catalogues seront vendus le soir à 7 heures et demie.

Paris. — Typ. Pillet et Dumoulin, 5, rue des Grands-Augustins.

TABLEAUX ANCIENS

DÉSIGNATION

TABLEAUX ANCIENS

ALLEGRI

(D'après ANTONIO), dit IL CORREGIO

1 — Jupiter et Léda.

La nymphe est assise au pied d'un arbre, ayant à droite plusieurs compagnes ; à gauche, trois amours sonnant de la trompe ou pinçant de la harpe.

Toile. Haut., 78 cent.; larg., 1 m. 07 cent.

BALDI

(LAZARE)

1623 ou 1624-1703, Pistoie.

2 — Sainte Agathe recueillant le sang des martyrs.

Toile. Haut., 1 m. 27 cent.; larg., 95 cent.

BALEN

(HENRIK VAN)

Né à Anvers en 1560; mort en 1632.

3 — La Vierge et l'Enfant Jésus.

La Vierge est assise auprès d'un arbre; l'Enfant Jésus, sur les genoux de sa mère, se penche vers le jeune saint Jean qui tient une croix entourée d'une banderole; des chérubins voltigent au-dessus d'eux.

Bois. Haut., 38 cent.; larg., 33 cent.

BALEN

(HENRIK VAN)

4 — L'Assomption de la Vierge.

Elle est enlevée au ciel, accompagnée de petits anges ; au-dessous, les disciples qui entourent son tombeau la regardent avec surprise.

Cuivre. Haut., 44 cent.; larg., 33 cent.

BERKEYDEN

(GÉRARD)

Né à Harlem en 1643 ; mort en 1693.

5 — Vue de Harlem. Les poids publics.

Sur le quai, une jeune femme agaçant un chien, un personnage couvert d'une robe de chambre remet une lettre à un batelier ; au second plan, des seigneurs font une promenade sur le canal dans une riche embarcation.

Sur le quai opposé, une grue servant au déchargement des bateaux et des maisons hollandaises à pignon au-dessus desquelles s'élève le clocher de la cathédrale.

Signé en toutes lettres.

Toile. Haut., 47 cent.; larg., 60 cent.

BERGHEM

(NICOLAAS)

Né à Harlem en 1624; mort en 1683.

6 — **Calisto revenant de la chasse.**

La jeune nymphe, les épaules nues, les jambes enveloppées dans une draperie en soie jaune, son carquois auprès d'elle, est assise dans un paysage, accoudée sur un rocher; à sa droite des chiens, à sa gauche du gibier. On aperçoit, dans le fond, Jupiter sur des nuages.

Œuvre importante de l'artiste.

Toile. Haut., 1 m. 30 cent.; larg., 1 m. 62 cent.

BERGHEM

(Attribué À NICOLAAS)

7 — **Animaux au repos, près d'une fontaine.**

Au centre, trois femmes : l'une occupée à traire une vache, une autre debout auprès d'un arbre dont les branches brisées se détachent sur un ciel chaud et vaporeux, la troisième assise tient son enfant sur ses genoux. Au second plan, à droite, un berger, assis sur le bord d'une auge de pierre, joue de la flûte en surveillant ses moutons.

Toile. Haut., 72 cent.; larg., 90 cent.

BOCKHORST

(JAN VAN) dit LANGENJAN

1610 (?) - 1668, Munster.

8 — Le Martyre de saint Laurent.

Le saint, saisi par les bourreaux, est placé sur le gril au-dessous duquel flambe un brasier; un soldat le menace avec une fourche; différents personnages assistent au supplice.

Le Saint, les yeux levés au ciel, regarde un petit ange qui lui apporte une Couronne et la palme du martyre.

Toile. Haut., 1m. 75 cent.; larg., 1 m.

BOILLY

(LOUIS-LÉOPOLD)

1761-1845. La Bassée (Nord).

9 — Le petit Oiseleur.

Une jeune mère se promène dans un paysage avec ses deux enfants ; sa jeune fillette, debout, est à sa gauche ; à sa droite, son petit garçon tient une cage et achète des oiseaux à un petit paysan.

Toile. Haut., 34 cent.; larg., 27 cent.

BOTH

(JAN)

Né à Utrecht en 1610; mort en 1650.

10 — Vue prise dans les Apennins.

Devant, des rochers; quelques sapins poussent au bord d'un torrent traversé par un pont de bois; sur la droite, deux villageois causent au bord d'un chemin au pied d'une montagne.

Effet de soleil couchant.

Bois. Haut., 41 cent.; larg., 59 cent.

COLONIA

(ADAM)

Né à Rotterdam en 1634; mort à Londres en 1685.

11 — L'Annonce aux bergers.

Un ange, vêtu d'une robe blanche et éclairé par un rayon céleste, réveille les bergers couchés sous une tente, auprès de leurs troupeaux.

Bois. Haut., 60 cent.; larg., 48 cent.

CUYP

(Genre d'ALBERT)

12 — Animaux au repos, dans un paysage.

Un berger, assis sur un tronc d'arbre, cause avec une paysanne ; sur la droite, des vaches et des moutons se reposent auprès d'une chaumière cachée à l'ombre de quelques arbres.

Effet de soleil couchant.

Bois. Haut., 50 cent.; larg., 65 cent.

DE MARNE

(LOUIS)

Né à Bruxelles en 1744; mort en 1829.

13 — Une Prédication.

Dans un paysage, auprès d'un cours d'eau qui forme un torrent; un vieux prêtre, assis sur un escabeau placé au pied d'un arbre, fait un sermon, trois ecclésiastiques couverts de leur chasuble l'écoutent, une jeune fille portant une bannière est debout auprès d'eux; de nombreux villageois avec leurs femmes et leurs enfants font cercle autour du prédicateur.

Signé en toutes lettres.

Bois. Haut., 31 cent.; larg., 40 cent.

DE MARNE

(Attribué à LOUIS)

14 — Paysage.

Sur le devant, une charrette traînée par quatre chevaux suivie de villageois qui conduisent leurs bestiaux; au second plan, une rivière et des constructions; à gauche, des rochers en partie cachés par des arbres, ciel nuageux.

Effet de pluie.

Bois. Haut., 36 cent.; larg., 45 cent.

DOW

(Ecole de GÉRARD)

15 — Le Médecin.

Il est à une fenêtre, vu à mi-corps, il tient une bouteille dont il a examiné le contenu et parle à une femme qui porte son enfant dans ses bras; sur l'appui de pierre de la croisée se trouvent un grand volume ouvert, un sablier, un plat à barbe en cuivre jaune, etc; un tapis servant de rideau est accroché sur la droite.

Bois. Haut., 34 cent.; larg., 28 cent.

DUCHATEL

(FRANÇOIS)

Né à Bruxelles, en 1625.

16 — Portrait d'homme.

Vu en buste, les cheveux châtains, longs et bouclés, collerette en guipure, veste noire à larges manches ouvertes.

Dans le haut se trouve l'inscription: Ætatis suæ 23. Anno 1649.

Toile. Haut., 68 cent., larg., 50 cent.

DUGHET

(Dit LE GUASPRE POUSSIN)

1613-1675, Rome.

17 — Paysage.

Sur le devant des plantes et des rochers, à droite des pêcheurs, au bord d'une rivière ; vers le fond, de riches constructions avec tours construites au pied de hautes collines.

Toile. Haut., 92 cent.; larg., 1 m. 34 cent.

DUSART

(KORNELIS)

1704 (?) — Harlem.

18 — Fête rustique.

De nombreux villageois sont réunis dans une chambre d'auberge ; au centre, un homme tenant son chapeau danse avec une jeune fille ; au second plan, deux musiciens adossés au mur jouent l'un du violon, l'autre de la basse ; à gauche, au-dessous d'une fenêtre, une femme et trois villageois rient ou causent en regardant les danseurs ; vers le fond de la pièce, dans la pénombre, différents groupes de villageois avec leurs enfants fument, boivent et causent.

Toile. Haut., 44 cent.; larg., 40 cent.

ESSELENS

(JACQUES)

XVIIe siècle. — Amsterdam.

19 — La Plage de Scheveningen.

Au premier plan, dans la demi-teinte, des terrains accidentés, un voyageur assis sur un tertre achète du poisson à une femme qui a près d'elle sa petite fille, un petit paysan les regarde ; un peu plus loin, un seigneur donne le bras à sa femme se dirigeant vers la mer, ils sont suivis d'un valet, et un enfant marche devant eux; vers le fond, à droite, on aperçoit quelques maisons, le clocher d'une église, des cavaliers partant pour la chasse suivis de leurs chiens et différents personnages assis se reposant ou causant. Sur la gauche, la mer se perdant à l'horizon.

Toile. Haut., 52 cent.; larg., 65 cent.

ESSELENS

(JACQUES)

20 — Le Bac.

Il traverse une rivière et touche au rivage chargé de villageois avec leurs bestiaux; au centre, une dame et un seigneur sur leurs chevaux; sur la rive opposée, on aperçoit quelques constructions auprès d'un pont en ruine; sur la gauche, deux pêcheurs.

Toile. Haut., 52 cent.; larg., 70 cent.

GRIFF

(ANTON)

Vivait dans le milieu du XVIIe siècle.

75 —

21 — Gibier et légumes.

Un canard, un pigeon blanc et autres oiseaux posés sur une table de cuisine auprès d'une botte d'asperges et d'un seau en cuivre jaune.

Toile. Haut., 78 cent.; larg., 62 cent.

GUIDO RENI

1575-1642.

22 — Les Adieux de Marc-Antoine et de Cléopâtre.

La reine s'approche accompagnée d'une de ses suivantes, elle donne la main au jeune guerrier qui lui fait ses adieux.

Toile. Haut., 1 m. 25 cent.; larg., 1 m. 50 cent.

HEEMSKERK

(EGBERT VAN)

Harlem, 1645-1704.

23 — Le Moribond.

Il est étendu sur un lit ayant à sa droite sa femme et ses enfants qui pleurent pendant que le docteur compte ses pulsations en examinant le contenu d'un flacon ; au centre, le notaire écrit ses volontés ; vers la droite, une porte ouverte donnant sur la campagne où l'on voit un prêtre qui apporte les derniers sacrements.

Bois. Haut., 45 cent.; larg., 62 cent.

HOBBEMA

(Genre de MINDER-HOUT)

24 — Le Moulin.

Il est situé au second plan ; au centre, de grands arbres dont le feuillage se détache sur un ciel nuageux ; sur le devant, un berger cause avec une jeune paysanne, une vache se désaltère au bord de la rivière ; vers le fond, un paysage boisé coupé par des clairières inondées de soleil ; à gauche, un chemin sinueux et des moutons.

Beau tableau admirablement composé et peint avec la franchise et la fermeté qui caractérisent les œuvres du grand paysagiste.

Toile. Haut., 1 m.; larg., 1 m. 25 cent.

JACKSON

(JOHN)

1778-1831, Lastingham.

25 — Portrait du peintre anglais Northcote.

Assis dans un fauteuil couvert d'une robe de chambre en soie bleue bordée de fourrure, il tient sur ses genoux un livre ouvert.

Toile. Haut., 1 m.; larg., 80 cent.

JARDIN

(KAREL DU)

Né à Amsterdam vers 1635; mort à Venise en 1678.

26 — La Paix.

Sous les traits d'une jeune femme assise sur l'affût d'un canon, elle tient une corne d'abondance et montre une branche d'olivier, en foulant aux pieds des attributs guerriers; deux petits amours voltigent au dessus d'elle, une renommée pose une couronne sur sa tête.

Œuvre importante du maître, signée en toutes lettres.

Toile. Haut., 1 m. 85 cent.; larg., 1 m. 55 cent.

JORDAENS

(JAKOB)

Né à Anvers en 1593; mort en 1678.

27 — Piqueur et ses chiens.

Il sonne de la trompe, assis au pied d'un arbre, au bord d'un cours d'eau; il est vêtu d'une tunique rouge, coiffé d'une toque avec plume blanche; des chiens lévriers et épagneuls de différentes races sont groupés près de lui; vers le fond, un paysage montueux et accidenté avec bouquets d'arbres dont le feuillage se détache sur un ciel chaud, semé de légers nuages.

Il est rare de rencontrer un tableau de cet artiste réunissant toutes les qualités de celui-ci, il est peint avec l'entrain, le brillant et la facilité que l'on remarque dans les plus belles peintures de Jordaens; du reste, la signature et la date qu'il place bien rarement sur ses tableaux montrent qu'il était satisfait de son œuvre.

Signé et daté 1635.

Toile. Haut., 78 cent.; larg., 1 m. 20 cent.

JORDAENS

(JAKOB)

28 — Personnage religieux.

La tête de profil, les yeux levés vers le ciel, il est couvert d'un ample manteau gris et tient un bâton.

Toile. Haut., 70 cent.; larg., 56 cent.

LAHIRE

(Attribué à LAURENT DE)

115 29 — Paysage.

Un temple en ruine sur la gauche; au centre, un berger chassant devant lui un troupeau de chèvres et de moutons.

Toile. Haut., 70 cent.; larg., 1 m.

LAURI

(PHILIPPE)

1623-1694, Rome.

42 30 — Trois Amours tenant des lances jouent dans un paysage.

Toile. Haut., 22 cent.; larg., 27 cent.

MAGNASCO

XVIIe siècle, Gênes.

31 — Paysage accidenté.

A gauche, des moines en prière; sur la droite, deux pêcheurs au bord d'un cours d'eau.

Toile. Haut., 68 cent.; larg., 97 cent.

MARIO DI FIORI

(NUZZI dit)

1603-1673, Penna.

32 — Fleurs dans un vase.

Des lis, des pivoines, des fleurs de pavots, des volubilis et autres fleurs dans un vase de marbre orné de bas-reliefs.

Toile. Haut., 1 m. 95 cent.; larg., 1 m. 22 cent.

MEER

(JEAN VAN DER)

1680, Harlem.

33 — Vue de la plaine de Harlem.

En avant, un monticule; un homme et une femme tenant son enfant se reposent au bord d'un chemin qui descend vers la gauche; un peu plus loin, un chasseur suivi de son chien. Derrière une haie formée par des arbres s'étendent de vastes prairies où des blanchisseuses font sécher du linge ; vers le fond, des moulins et la ville; au dessus se dressent les clochers des églises.

Toile. Haut., 76 cent.; larg., 1 m.

MEMMI

(Attribué à SIMON)

34 — Un Évêque suivi de son clergé, bénissant une sainte qui est étendue sur un lit.

Bois. Haut., 23 cent.; larg., 36 cent.

MIREVELD

(MICHEL-JANSZ)

Né à Delft en 1568; mort en 1641.

35 — Portrait d'homme.

En buste, la tête de trois quarts tournée à droite, le front chauve, barbe et moustaches blanches, vêtement noir, collerette tuyautée.

Dans le fond, on lit : ætatis suæ 53. Anno 1626.

Bois. Haut., 50 cent.; larg., 40 cent.

MOUCHERON

(FREDERIK)

Né à Embden en 1632 ou 1633; mort à Amsterdam en 1686.

36 — Paysage.

A droite sur un chemin, une femme un paquet sur la tête, un enfant à sa gauche et à sa droite un homme portant une pelle; sur les côtés, de grands arbres; au centre, un peuplier dont le feuillage se détache sur un ciel chaud et nuageux.

Dans le fond, des cavaliers poursuivant un cerf.

Les figures sont de Lingelbach.

Toile. Haut., 64 cent.; larg., 78 cent.

MURILLO

(Attribué à B. ESTEBAN)

37 — Jacob luttant avec l'ange.

Toile. Haut., 30 cent. ; larg., 30 cent.

MUSSCHER

(MICHEL VAN)

1645-1705, Rotterdam.

38 — Portrait de femme.

Elle est assise dans un parc, vue à mi-jambes, le bras droit appuyé sur un socle de pierre supportant un vase de marbre contenant des fleurs.

Toile. Haut., 40 cent.; larg., 34 cent.

NEEFS

(PETER)

Né à Anvers vers 1570; mort en 1651.

39 — Intérieur d'église.

Au centre, la nef; vers le fond, un prêtre dit la messe, des dames agenouillées assistent à l'office; sur le devant, un abbé s'avance tenant un bréviaire; sur les côtés, des chapelles.

Tableau important de l'artiste, dans un très-beau cadre en bois sculpté.

Toile. Haut., 1 m. 13 cent.; larg., 1 m. 45 cent.

OMMEGANCK

(D'après BALTHAZAR)

40 — Moutons et chèvres au repos, dans un paysage.

Effet de soleil couchant.

Bois. Haut , 26 cent.; larg., 31 cent.

OSTADE

(D'après ADRIAAN VAN)

41 — La Marchande de fruits et de légumes.

Elle est devant une vieille maison au toit pointu, des enfants lui achètent des fruits; au centre un paysan cause avec une femme qui donne la main à une petite fillette.

Bois. Haut., 45 cent.; larg., 60 cent.

POELENBURG

(KORNELIS)

Né à Utrecht en 1586; mort en 1666.

42 — Les Baigneuses.

L'une, au centre, est assise sur un tertre; à gauche, sa compagne est occupée à sa toilette.

Bois. Haut., 30 cent.; larg., 25 cent.

PORDENONE

(Le chevalier J. A. LICINIO, dit LE)

1483-1539 ou 1540, Pordenone (Frioul).

43 — Le Christ et la Femme adultère.

Composition de 17 figures vues à mi-corps.

Toile. Haut., 1 m. 06 cent.; larg., 1 m. 90 cent.

POTTER (?)

PAULUS

44 — Entrée de forêt.

Dans un site agreste auprès d'un cours d'eau, une famille de cerfs paissent ou se reposent paisiblement auprès de grands arbres dont le feuillage se détache sur un ciel nuageux; sur la gauche, des plantes poussent au bord de l'eau; vers le fond, des montagnes bleuâtres.

Ce tableau, très bien composé et d'une remarquable finesse d'exécution, est signé P. Potter; il offre une très grande analogie avec deux tableaux du même maître qui figurent, l'un au musée de Dresde et l'autre au musée de Berlin, et sont catalogués dans ces deux musées comme étant de Paul Potter.

Toile. Haut., 55 cent.; larg., 71 cent.

RIBERA

(Le chevalier JUSEPE DE, dit L'ESPAGNOLET

Né en 1588 près de Valence; mort à Naples en 1656.

45 — Le Martyre de saint Laurent.

Le saint, agenouillé, les yeux levés vers le ciel, paraît implorer Dieu; l'un des bourreaux le saisit par un bras pendant que trois hommes préparent le bucher.

Ce tableau a été gravé et provient de la collection Aguado.

Toile. Haut., 1 m. 20 cent.; larg., 1 m. 34 cent.

ROMEYN

(WILLEM VAN)

Né à Utrecht; florissait de 1640 à 1660.

46 — Animaux au repos.

Des bœufs et des moutons se reposent dans un paysage montueux et accidenté ; à gauche, un arbre coupé auprès de quelques plantes à larges feuilles.

Signé en toutes lettres.

Bois. Haut., 34 cent.; larg., 44 cent.

ROOS

(HENRI)

1631-1685, Ottendorf.

47 — Bergers et animaux à une fontaine.

Toile. Haut., 35 cent.; larg., 42 cent.

RUBENS

(PETER-PAUL)

Né à Siegen en 1577; mort à Anvers en 1640.

48 — Les Miracles de saint Benoît.

Les historiens de saint Benoît rapportent qu'en 542 Totila, roi des Goths, désireux de voir un homme que ses bienfaits et ses travaux apostoliques avaient rendu si célèbre, voulut mettre à l'épreuve la pénétration miraculeuse que lui attribuait la renommée. Totila fit revêtir de ses habits un de ses écuyers qui se rendit au Mont-Cassin en s'annonçant comme le roi des Goths; mais saint Benoît n'eut pas de peine à découvrir la supercherie.

Totila, qui avait à ce moment sous les yeux les miracles accomplis par l'abbé du Mont-Cassin, se présenta lui-même devant saint Benoît; celui-ci lui reprocha ses cruautés, ses injustices et ses conquêtes; il alla plus loin, il lui prédit sa fin prochaine, en l'invitant à profiter du peu de temps qui lui restait à vivre pour réparer une partie des maux qu'il avait faits au monde.

C'est le moment où saint Benoît démasque la ruse du roi des Goths que Rubens a choisi pour traiter le sujet de son tableau.

Cette importante composition, qui ne comprend pas moins de soixante personnages, est citée par tous les critiques qui se sont occupés des œuvres de Rubens. Bien des ouvrages en font mention ; Smith, entre autres, en donne une description si détaillée dans son catalogue raisonné que nous croyons devoir la reproduire :

Vol. 2. — Page 57.

« 161. — Les miracles de saint Benoit, en pré-
» sence de Totila, roi des Goths.

« Le sujet représente un couvent, édifice majes-
» tueux, situé sur la droite, auquel on accède par
» un escalier commençant du côté opposé. Sur le
» portail du monastère, on voit le révérend saint
» dans le costume des Franciscains, accompagné
» de deux moines ; il paraît s'avancer vers un
» compagnon du roi qui, sous le déguisement de
» son souverain, se trouve en haut des marches ;
» mais l'imposteur est à l'instant démasqué par
» le Saint et recule à sa vue, frappé d'é-
» pouvante ; son page et l'escorte armée qui
» se trouvent sur les marches derrière lui, sont
» également sous l'impression de la terreur ; plu-
» sieurs personnages de distinction, recouverts
» de vêtements de diverses couleurs, se tiennent
» au pied et sur le côté de l'escalier. Au centre et
» au premier plan, se trouve un groupe important
» de personnages dont plusieurs ont apporté leurs
» malades et leurs infirmes dans l'espoir d'une
» guérison ; au milieu, un homme est étendu pres-
» que nu sur une couche ; trois autres de ces
» affligés gisent à terre et un quatrième, en proie
» à une attaque de délire, est maintenu par deux
» hommes ; à droite de ce groupe est le roi Totila,
» monté sur un cheval bai et tenant un sceptre à

» la main; plus près du cadre on remarque deux » chevaux dont un (le gris) est tenu par un servi» teur, pendant que le cavalier, qui est enveloppé » dans un manteau rouge, monte quelques mar» ches, accompagné d'un autre personnage et de » deux enfants; ceux-ci se rencontrent en haut » avec plusieurs moines. On aperçoit dans les » nuages le Sauveur, entouré de saint Pierre, de » saint Paul, de la Vierge et de plusieurs anges.

Smith, qui n'est pas prodigue d'éloges, ajoute :

« Ce superbe tableau, quoiqu'il ne soit qu'une » esquisse terminée, est une remarquable mani» festation du génie de l'artiste. Il fut fait par » ordre des chanoines de l'abbaye d'Afflighem, » c'était le projet d'un tableau qui devait orner » leur église, mais qui, par une circonstance quel» conque, ne fut jamais exécuté; l'esquisse resta » dans le réfectoire de l'abbaye jusqu'à sa disso» lution.

» Actuellement dans la collection de M. Schamp, » de Gand ».

Suivant les documents que nous avons pu recueillir, ce tableau fut peint par Rubens peu après son second mariage, car les historiens et les biographes sont tous d'accord, en effet, pour placer immédiatement après ce mariage le séjour que le grand artiste fit à l'abbaye d'Afflighem.

Ce tableau des miracles de saint Benoît a donc été peint en 1630 ou au plus tard en 1631, au même moment où Rubens fit le grand tableau d'autel de cette abbaye, représentant le Christ succombant sous le poids de la croix.

Michel, dans son *Histoire de la vie de Rubens*, ouvrage cité pour l'exactitude des recherches, rapporte (page 185) que le tableau des miracles de saint Benoît fut positivement demandé à Rubens par le prévôt et le proviseur de l'abbaye d'Afflighem. Il y resta jusqu'à la fermeture de cette abbaye qui fut comprise dans le nombre des maisons religieuses supprimées en Belgique par l'empereur Joseph II, et il passa ensuite dans le cabinet de M. Schamp.

On lit dans le *Peintre amateur et curieux* par Mansaert, dans la première partie, page 154, ouvrage imprimé à Bruxelles en 1765, qu'on avait offert aux moines de l'abbaye d'Afflighem 6000 florins pour le tableau des miracles de saint Benoît, somme considérable pour le temps.

Eugène Delacroix, dont on connaît la haute admiration pour ce tableau, en fit une copie que nous avons vue à la vente après son décès et ensuite à la vente Pereire; nous croyons qu'elle fait aujourd'hui partie de la collection du roi des Belges.

Il a été acquis en 1840, par M. Tencé père, de Lille, à la vente Schamp, de Gand.

Gravé par Ramus.

Toile. Haut., 1 m. 63 cent.; larg., 2 m. 60 cent.

RUYSDAEL

(Attribué À JAKOB)

49 — Site norvégien.

Un cours d'eau, traversé au second plan par un pont de bois, coule au pied de rochers élevés surmontés de quelques arbres; vers le fond à gauche, une chaumière et des arbres coupés; au centre, des pêcheurs.

Toile. Haut., 87 cent.; larg., 72 cent.

SCHALKEN

(GOTTFRIED)

Né à Dordrecht en 1643; mort à La Haye en 1706.

50 — La jeune Musicienne.

Elle est debout devant une table en partie couverte d'un tapis de Turquie, éclairée par une lampe suspendue au plafond.

Elle tient une partition.

Bois. Haut., 40 cent.: larg., 33 cent.

SCHALKEN

(Attribué à G.)

51 — **Un Savant dans son cabinet.**

Il est éclairé par une lampe, coiffé d'un chapeau à large bord, tenant ses besicles; devant lui, un livre ouvert; plus loin, un encrier, une tête de mort et un sablier.

Bois. Haut., 33 cent.; larg., 28 cent.

SANZIO

(D'après RAPHAEL)

52 — **La Vierge au berceau.**

La vierge est assise dans un paysage auprès d'un mur en ruine surmonté de quelques arbres, l'Enfant Jésus, debout sur son berceau, caresse le jeune saint Jean que lui présente sainte Elisabeth.

Belle copie ancienne du tableau qui est au musée du Louvre.

Bois. Haut., 38 cent.; larg., 29 cent.

TAUNAY

(NICOLAS-ANTOINE)

1755-1830, Paris.

53 — **Les Danseurs espagnols.**

Un homme tenant des castagnettes et une jeune fille un tambour de basque à la main, dansent entourés de nombreux personnages; vers le fond, on aperçoit les hautes constructions d'un monastère.

Toile. Haut., 32 cent.; larg., 40 cent.

TENIERS

(DAVID)

Né à Anvers en 1680; mort à Perk en 1694.

54 — **Les Danseurs.**

Dans la cour d'un cabaret, un homme pince de la guitare en dansant avec une jeune femme; le cabaretier est debout sur la porte de sa maison tenant une cruche; à gauche, un villageois lutine une jeune paysanne assise sur un banc; au second plan, plusieurs groupes de personnages causant ou regardant les danseurs.

Joli tableau du maître, signé en toutes lettres.

Bois. Haut., 35 cent.; larg., 25 cent.

TENIERS

(DAVID)

55 — Paysage.

Au centre, un chemin; au premier plan, une femme assise sur un bloc de rochers cause avec deux villageois appuyés chacun sur un bâton; un vieux paysan portant un sac sur l'épaule se dirige sur la gauche, suivi de son chien; dans le fond, des maisons entourées d'arbres.

Toile. Haut., 1 m. 18 cent.; larg., 1 m. 83 cent.

TENIERS

(Attribué à DAVID)

56 — La Fuite en Égypte.

La Sainte famille traverse une rivière dans une barque conduite par deux bateliers, l'un d'eux tient un cordage et se dispose à attacher la barque au rivage.

La Vierge est assise tenant l'Enfant sur ses genoux, saint Joseph est appuyé sur son âne.

Bois. Haut., 27 cent.; larg., 36 cent.

VAGA

(BUONACCORSI, dit PERINO DEL)

1500-1547, Florence.

57 — La Sainte Famille.

La Vierge est agenouillée, les mains jointes adorant l'Enfant Jésus posé à terre et appuyé sur un coussin; à gauche, saint Joseph, également en adoration, se penche vers l'Enfant.

Fond de paysage avec constructions en ruine. — Bois, de forme ronde.

Diamètre, 88 millimètres.

VERBOECKHOVEN

(LOUIS)

1802, Warneton.

58 — Marine.

Au centre, un bateau à voile, balloté par les vagues, file vers la gauche.

Bois. Haut., 30 cent.; larg., 34 cent.

VOS

(SIMON DE)

1603-1676, Anvers.

59 — Portrait d'homme.

Debout, vu à mi-corps, la tête de trois quarts tournée vers la droite ; cheveux gris et longue barbe blonde, large collerette plissée, vêtement noir avec manteau doublé de fourrure, tenant ses gants de la main gauche.

Bois. Haut., 1 m. 04 cent.; larg., 73 cent.

WEENIX

(JAN-BAPTISTE)

Né à Amsterdam en 1621 : mort en 1660.

60 — Gibier sous la garde d'un chien.

Une perdrix, un geai, un bouvreuil et autres petits oiseaux jetés à terre, auprès d'un cerf, d'un fusil et d'une poudrière, le tout sous la garde d'un chien blanc taché de noir ; à droite, des arbres et des plantes à larges feuilles; dans le fond, un cours d'eau et des cavaliers poursuivant un cerf.

Toile. Haut., 52 cent.; larg., 48 cent.

WIET (?)

(L.-V.)

61 — Bethsabée au bain.

La jeune femme est assise au bord d'une fontaine ayant un bassin à ses pieds; une vieille servante agenouillée s'occupe de sa toilette ; dans le fond, on aperçoit le roi David sur une terrasse.

Signé L. V. Wiet. (?)

Bois. Haut., 48 cent.; larg., 36 cent.

WOUWERMAN

(PIETER)

Né à Harlem en 1625; mort en 1683.

62 — Bataille.

Sur la droite, des cavaliers et fantassins armés de fusils ou de carabines s'attaquent avec furie; les uns gisent au premier plan, étendus sur le sol auprès de leurs chevaux; plusieurs fuient sur la gauche; un trompette sur un monticule sonne la charge; vers le fond, à droite, s'élèvent des constructions en ruine et des montagnes.

Toile. Haut., 66 cent.; larg., 92 cent.

WOUWERMAN

(PIETER)

63 — Paysage. — Effet de neige.

Au premier plan, un cheval et des villageois sur une rivière glacée, traversée, au second plan, par un pont en ruine; sur la gauche, un homme et un chien; vers le fond, on aperçoit les toits de quelques chaumières. — Ciel nuageux.

Bois. Haut., 40 cent.; larg. 48 cent.

WOUWERMAN

(PIETER)

64 — Bataille.

Plusieurs cavaliers s'attaquent au premier plan, l'un d'eux est renversé; à droite, des soldats rangés font feu sur des cavaliers qui se jettent sur eux; la bataille s'étend vers le fond, les combattants sont en partie cachés par la fumée de la poudre qui obscurcit le ciel.

Cuivre. Haut., 40 cent.; larg., 49 cent.

WYNANTS

(JAN)

Né à Harlem vers 1600; mort après 1677.

65 — Paysage coupé par une rivière.

Au premier plan, un arbre jeté auprès de quelques plantes à larges feuilles; à droite, trois villageois se reposent au bas d'un monticule près d'un bouquet de grands arbres qui poussent au bord d'un cours d'eau; au second plan, une porte de ferme et des hommes chargeant des sacs de blé sur un chariot; dans le fond, des montagnes.

Toile. Haut., 60 cent.; larg., 78 cent.

WYNANTS

(École de JAN)

66 — Paysage.

Au centre, sur un chemin sinueux, une charrette traînée par trois chevaux, un homme vêtu de rouge et un chien; à droite, de grands arbres; à gauche, une mare au pied d'un monticule sur lequel s'élèvent quelques arbres et une chaumière.

Au second plan, des champs de blé éclairés par un rayon de soleil.

Toile. Haut., 1 m. 05 cent.; larg., 1 m. 50 cent.

ZEEMAN

(REINIER)

Né à Amsterdam (?) en 1612.

67 — Marine.

Quelques pêcheurs se trouvent sur la plage, au premier plan; sur la gauche, trois villageois dans un canot s'éloignant du rivage; vers le fond, deux navires à voile sont au mouillage, près d'une forteresse située dans une anse formée par des rochers.

Toile. Haut., 34 cent.; larg., 30 cent.

ZUCCARELLI

(FRANÇOIS)

1702 (?)-1788, Pitigliano (Sienne).

68 — Les Moissonneurs.

Une jeune fille assise tient un bouquet d'épis de blé, un jeune garçon apporte un plat de macaroni à des ouvriers se disposant à prendre leur repas; dans le fond, des hommes et des femmes coupant le blé et le mettant en gerbe.

Toile. Haut., 60 cent.; larg., 70 cent.

ÉCOLE ESPAGNOLE

69 — Portrait d'homme.

Vu jusqu'à la ceinture, vêtement avec filets et broderies d'or, large collerette tuyautée bordée de guipure.

Toile. Haut., 68 cent.; larg., 54 cent.

ÉCOLE FLAMANDE

70 — Portrait d'un jeune musicien.

Il est debout, vêtu de noir, avec collerette; la main droite sur la hanche et tenant de la main gauche un instrument de musique.

Bois. Haut., 64 cent.; larg., 50 cent.

ÉCOLE FLAMANDE

71 — Le Triomphe d'Amphitrite sur les eaux.

Toile. Haut., 38 cent.; larg., 48 cent.

ÉCOLE FLAMANDE

72 — La Résurrection de Lazare.

Esquisse.

Toile. Haut., 30 cent.; larg., 40 cent.

ÉCOLE FLAMANDE

73 — Portrait de Maximilien Ier.

Copie ancienne du portrait qui se trouve à la galerie du Belvédère, à Vienne.

ÉCOLE HOLLANDAISE

74 — Portrait présumé de J. van Huysum.

Il est en buste, portant une grande perruque bouclée, vêtu d'une ample robe de chambre en soie violacée doublée de soie orange.

Toile. Haut., 70 cent.; larg., 56 cent.

ÉCOLE ITALIENNE

75 — Un saint personnage, les mains jointes.

Figure de grandeur naturelle, à mi-corps.

Toile. Haut., 84 cent.; larg., 70 cent.

76 — **Un lot d'environ dix dessins, des maîtres italiens et hollandais.**

77 — Un lot de gravures anciennes, d'après Raphaël, Rubens, Jordaens, etc.

78 — Orphée charmant les animaux.

> Groupe sur un support en vermeil avec perles, diamants, rubis, etc. Le support, dans son pourtour, est orné de trois agates et de cinq camées; ceux-ci représentent trois bustes de femme, un buste de guerrier et un aigle regardant le soleil.
>
> Les corps d'Orphée et des animaux sont en grosses perles-mères.
>
> Pièce rare.

79 — Un très beau sabre de Damas, avec fourreau et poignée richement garnis en or.

80 — Sous ce numéro seront vendus les objets omis au présent catalogue.

LIVRES

LIVRES

81 — Catalogue raisonné des bijoux, porcelaines, bronzes, pendules, tableaux, etc, de la succession de M. Angran de Fonspertuis, par Gersaint. *Paris*, 1747, in-12, v. *Front. par Cochin.*

82 — Catalogue des tableaux, bronzes, bijoux, porcelaines du cabinet de feu M. Coypel, premier peintre du Roi. *Paris*, 1753, in-12, v. *Prix.*

83 — Catalogue raisonné du cabinet de feu M. le comte de Vence, par P. Remy. *Paris*, 1760, in-12, br. *Front. par Saint-Aubin.*

84. — Catalogue d'une collection de très beaux tableaux de la succession de feu J.-B. de Troy, par P. Remy. *Paris*, 1764, in-12, br. *Prix.*

85 — Catalogue raisonné de tableaux des trois écoles, ouvrages de bronze, porcelaines, du cabinet de M. Aved, peintre, par P. Remy. *Paris*, 1766, in-12, br.

86 — Catalogue raisonné des tableaux, dessins et estampes, après le décès de M. de Jullienne, par P. Remy. *Paris*, 1767, in-12, br. *Front. Prix.*

87 — Catalogue des tableaux, groupes et figures de bronze du cabinet de M. Gaignat, par P. Remy. *Paris*, 1768, in-12, br. *Front. Prix.*

88 — Catalogue raisonné des tableaux, des meubles précieux par Boulle et Caffieri, etc., qui composent le cabinet de M. de La Live de Jully, par P. Remy. *Paris*, 1769, in-12, br. *Prix et annotations manuscrites de Mariette.*

89 — Catalogue des tableaux qui composent le cabinet de M. le duc de Choiseul, par Boileau. *Paris*, 1772, in-12, br. *Prix et noms des acquéreurs.*

90 — Catalogue de tableaux des différentes écoles (du cabinet de M. Le Brun, marchand de tableaux), par P. Remy. *Paris* 1773, in-12, v. *Prix.*

91 — Catalogue de tableaux précieux, miniatures, meubles du célèbre Boulle, bronzes, etc, qui composent le cabinet de feu M. Blondel de Gagny, par P. Remy. *Paris*, 1776, in-12, br. *Prix et noms des acquéreurs.*

92 — Catalogue d'une riche collection de tableaux, bronzes, marbres, pendules, etc, qui composent le cabinet de feu le prince de Conti, par P. Remy. *Paris*, 1777, in-12, br. *Prix. Front. par Moreau.*

93 — Catalogue des tableaux et dessins précieux des maîtres célèbres des trois écoles, des porcelaines anciennes et riches meubles de Boulle du cabinet de M. Randon de Boisset, par P. Remy et Julliot. *Paris*, 1777, in-12 d.-rel. *Prix et noms des acquéreurs.*

94 — Catalogue raisonné des tableaux, dessins, estampes, figures de bronze, meubles de Boulle qui composaient le cabinet de feu M. Poullain, par Le Brun. *Paris*, 1780, in-8, br. *Prix et noms des acquéreurs.*

95 — Catalogue des différents objets de curiosité, tableaux, meubles précieux, porcelaines, etc., qui composaient le cabinet de M. le marquis de Ménars, par Basan et Joullain. *Paris*, 1781, in-8, br. *Prix et noms des acquéreurs.*

Catalogue curieux et rare orné de deux planches gravées par Mme de Pompadour.

96 — Catalogue raisonné d'une très belle collection de tableaux, porcelaines anciennes, riches meubles de Boulle, etc, provenant du cabinet de M. (Le Bœuf), par Le Brun. *Paris*, 1782, in-8, v. *Prix.*

97 — Catalogue d'une belle collection de tableaux, miniatures, émaux de Petitot, meubles de Boulle du cabinet de M. T. (Demontulé), par Le Brun. *Paris*, 1783, in-8, d.- rel. *Prix.*

98 — Catalogue d'une belle collection de tableaux et objets de curiosité, provenant du cabinet de M. Nourri, par Folliot et Delalande. *Paris*, 1785, in-8, br. *Prix.*

99 — Catalogue de tableaux des peintres célèbres, provenant du cabinet de Mme la présidente de Bandeville, par P. Remy. *Paris*, 1787, in-12, br.

100 — Catalogue raisonné d'un choix précieux de dessins, d'estampes, de livres à figures et de tableaux qui composaient le cabinet de M. Basan. *Paris*, 1798, in-8, br.

101 — Catalogue raisonné du cabinet de M. Léoffroy de Saint-Yves, par Regnault. *Paris*, 1805, in-8, br. *Prix.*

102 — Catalogues de ventes de tableaux et objets d'art rédigés par A. Paillet et H. Delaroche, 1785-1811, 18 vol. in-8, br. *Prix et noms des acquéreurs.*

Collections de Véri, de S. M., Tolozan, Robit, Helsleuter, Jourdan Dutartre, Van Leyden, de Choiseul-Praslin, Gamba, Grand-Pré, Sabatier, etc.

103 — Collection d'environ 1500 catalogues de ventes de tableaux et de curiosités, depuis le commencement du siècle jusqu'à nos jours, la plupart avec les prix.

104 — Catalogue de tableaux de la collection de M. Duval, de Genève, 1846. — Catalogue de tableaux de la collection de M. le comte Vilain XIIII. 1857. Ens. 2 vol. in-4. *Planches et prix ms.*

105 — Catalogue de la collection de tableaux anciens des écoles flamande, hollandaise et française formant la galerie de M. Th. Patureau. *Bruxelles*, 1857, in-4, br. *Planches et prix ms.*

106 — Catalogue de tableaux peints par Diaz. *Paris*, 1857 et 1858, 2 vol. in-4. br. *Eaux-fortes.*

107 — Galerie de San Donato. Catalogue de vingt-trois tableaux des écoles flamande et hollandaise. *Paris*, 1868, gr. in-8, br. *Eaux-fortes et prix ms.*

108 — Collection Koucheleff Besborodko. Catalogue de 43 tableaux de maîtres anciens. *Paris*, 1869, gr. in-8, br. *Eaux-fortes et prix ms.*

109 — Catalogue de tableaux modernes composant la collection de M. Faure. *Paris*, 1873, gr. in-8, br. *Eaux-fortes.*

110 — Catalogue de tableaux de premier ordre anciens et modernes de la galerie de M. le marquis de la Rocheb... *Paris*, 1873, in-4. br. *Planches à l'eau-forte.*

111 — Catalogue de tableaux des principaux maîtres des écoles hollandaise, flamande et française comp. la collection de M. Papin. 1873, in-4, br. *Papier de Hollande avec eaux-fortes.*

112 — Catalogue d'une très belle collection de tableaux anciens et modernes. Vente du 27 avril 1874, in-4, pap. de Holl. br. *Eaux-fortes.*

113 — Collection de Lissingen. Catalogue de tableaux de premier ordre des écoles hollandaise et flamande. *Paris*, 1876, gr. in-8, br. *Eaux-fortes et prix ms.*

114 — Collection de M. Schneider. Catalogue de tableaux anciens. *Paris*, 1876, gr. in-8, br. papier de Hollande, *Eaux-fortes et prix ms.*

115 — Collection Suermondt. Catalogue de trente-quatre tableaux modernes. *Paris*, 1877, in-4 br. *Prix. Eaux-fortes.*

116 — Tableaux de premier ordre, marbres, bronzes, meubles, objets d'art. Vente par suite de décès de Mme B... (Brooks). *Paris*, 1877, in-4, br. pap. vergé. *Eaux-fortes et prix ms.*

117 — Collection Laurent-Richard. Catalogue de tableaux modernes. *Paris*, 1878, gr. in-8, br. *Eaux-fortes et prix ms.*

118 — Collection Mahérault. Catalogue de dessins anciens et modernes. *Paris*, 1880, gr. in-8, br. *Eaux-fortes.*

119 — Catalogue des tableaux vendus en Hollande de 1683 à 1768, avec leurs prix, par G. Hoet. *La Haye*, 1752-1770, 3 vol. in-8, d.-rel.

120 — Catalogue de tableaux vendus à Bruxelles depuis l'année 1773 jusqu'en 1803, avec les prix. *Bruxelles*, 1803, in-8, br.

121 — La galerie électorale de Dusseldorff, ou catalogue raisonné de ses tableaux, par de Pigage. *Bruxelles*, 1781, in-8, d.-rel.

122 — Explication des peintures, sculptures et gravures, de Messieurs de l'Académie Royale. *Paris*, 1767-1859, 51 vol. in-18, br.

123 — Dictionnaire des arts de peinture, sculpture et gravure, par Watelet. *Paris*, 1792, 5 vol. in-8. v.

124 — Dictionnaire des Beaux-Arts par Millin. *Paris*, 1805, 3 vol. in-8, br.

125 — Dictionnaire des graveurs anciens et modernes, par Basan. *Paris*, 1789, 2 vol. in-8, d.-rel. *Front.*

126 — Entretiens sur les vies et les ouvrages des plus excellents peintres, par Félibien. *Paris*, 1685, 2 vol. in-4, v.

127 — La Vie des peintres flamands, allemands et hollandais, par Descamps. *Paris*, 1753, 5 vol. in-8, d-rel. *Portraits.*

128 — Histoire de la vie de P. P. Rubens, par Michel. *Bruxelles*, 1771, in-8, rel. *Portr.*

129 — Histoire de la peinture en Italie, par l'abbé Lanzi. *Paris*, 1824, 5 vol. in-8, br.

130 — Œuvres d'Etienne Falconet, statuaire. 1781, 6 vol. in-8, v.

131 — Opere di Raffaello Mengs, pittore. *Parma*, 1780, 2 vol. in-4, cart.

132 — Chansons italiennes et françaises avec musique. Petit in-fol. relié en soie.

Manuscrit du dix-septième siècle, sur parchemin, orné de douze jolis dessins, très finement exécutés à la plume.

LITTÉRATURE ET HISTOIRE

Œuvres de Cicéron, Montaigne, Molière, J.-J. Rousseau Voltaire, Diderot, Walter Scott, Byron. Bibliothèque classique latine de Lemaire, Biographie universelle par Michaud. Mémoires de Bachaumont, etc., etc.